Bella Sara

Bella Sara™

La mélodie de Laure

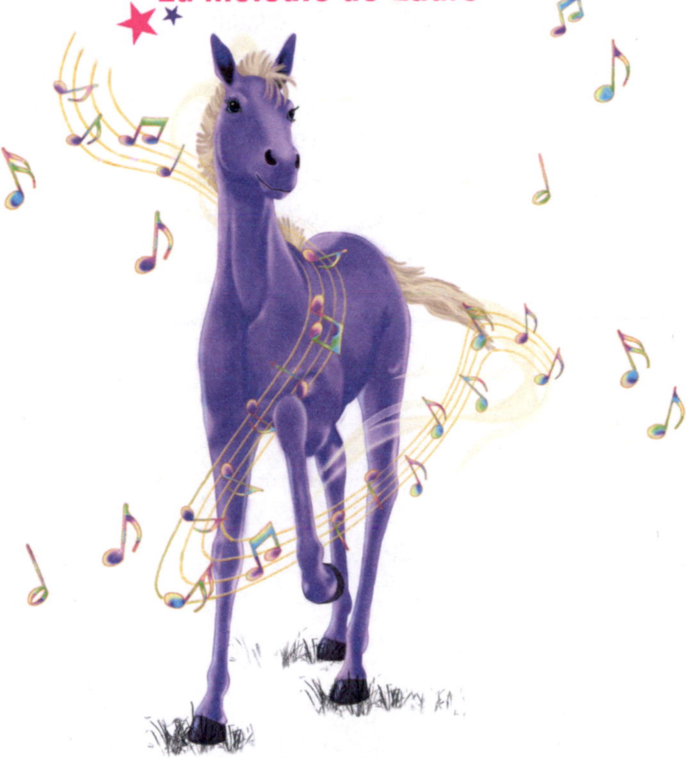

hachette
JEUNESSE

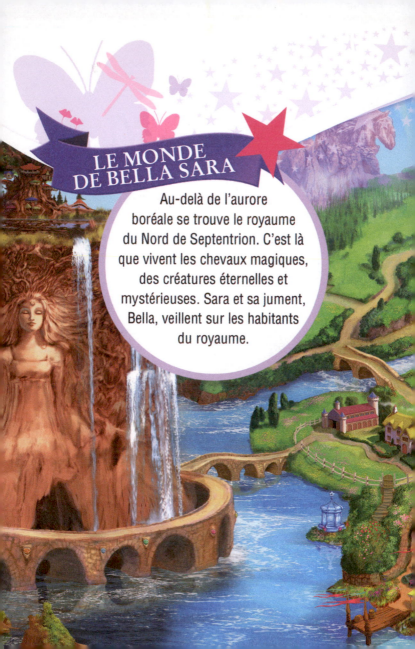

LE MONDE DE BELLA SARA

Au-delà de l'aurore boréale se trouve le royaume du Nord de Septentrion. C'est là que vivent les chevaux magiques, des créatures éternelles et mystérieuses. Sara et sa jument, Bella, veillent sur les habitants du royaume.

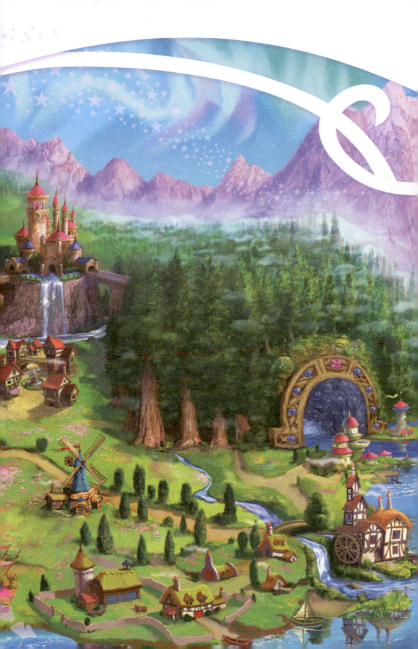

SARA

Sara
est la déesse du Nord
de Septentrion. Elle connaît
tous les chevaux du royaume.
Un lien très fort l'unit à Bella.
Toutes deux communiquent par
la pensée, et la jument ressent
les émotions de
la jeune fille.

BELLA

Bella
est une jument magnifique
qui vit entourée de milliers
de chevaux magiques :
ceux qui vivent dans les airs,
les chevaux marins à la recherche
de trésors et, bien sûr,
les chevaux terrestres
qui sont les plus doux.

1. Seule dans la forêt

— Je m'appelle Laure Stemmel, j'ai douze ans et j'habite à…

Laure arrête de chanter, les larmes aux yeux. Elle ne sait rien d'autre à part son nom et son âge. Et aussi qu'elle a peur…

La fillette presse le pas pour se réchauffer. Il fait nuit noire dans la forêt et un vent glacé souffle à travers les branches.

Où est-elle ? Comment est-elle arrivée ici ? Elle a oublié. Elle ferme les yeux et tente de se souvenir. L'image d'une petite fille aux yeux tristes envahit son esprit, tandis qu'une mélodie lointaine résonne…

Caw ! Caw !

Tout à coup, Laure rouvre les yeux. Un énorme corbeau jaune aux yeux rouges fonce droit sur elle !

— Non ! hurle la fillette.

Elle se met à courir. Les ronces agrippent ses vêtements et ses longs cheveux bruns. Au-dessus de sa tête, l'horrible oiseau crie toujours.

Un corbeau géant avec des plumes jaunes et des yeux rouges, ça n'existe pas, se dit-elle.

Je dois sûrement faire un cauchemar...
Mais quand vais-je me réveiller ?

— Qu'est-ce que tu veux ? demande Laure à l'oiseau tout en continuant à courir. Pourquoi est-ce que tu me poursuis ?

Il ne faut pas qu'il m'attrape, songe-t-elle. *Sinon, Serena sera...*

Serena... Laure revoit le visage de la fillette aux yeux tristes. Serena... sa sœur ? Oui, c'est ça ! Elle se souvient, maintenant ! Serena est sa petite sœur. Elle a huit ans. Et elle...

Caw !

Ses pensées sont interrompues par un cri du corbeau. L'oiseau ne vole plus au-dessus de sa tête : il vole au milieu du chemin, juste devant elle, comme pour lui bloquer le passage. Terrifiée, Laure tourne à gauche et s'engage sur un petit sentier qui serpente entre les arbres.

Il ne faut pas qu'il me rattrape, se répète-t-elle comme une chanson. *Il ne faut pas qu'il m'attrape… Il ne faut pas…*

Soudain, la fillette arrive au bord d'une clairière. Elle s'immobilise et lève les yeux vers le ciel. Sans les arbres, on voit bien les étoiles et la lune.

C'est bizarre, se dit-elle. *Je n'entends plus le corbeau…*

En effet, le gros oiseau jaune a disparu. Soulagée, Laure s'appuie contre un arbre pour reprendre son souffle.

Mais elle sursaute. Un bruit vient de retentir tout près d'elle, comme un soupir. Laure frissonne de peur. Elle a l'impression d'avoir dérangé une créature invisible. La forêt de Darkcomb est tellement pleine de secrets et de légendes…

La forêt de Darkcomb ! se dit-elle. *Oui ! Voilà où je suis ! C'est la forêt la plus obscure et la plus mystérieuse du Nord de Septentrion… Elle s'étend depuis le pied du Mont Blanc-Manteau jusqu'aux rives de la Baie du Fer à Cheval. Et mon village s'appelle…*

Mais ses souvenirs s'arrêtent là. Seules des visions lui reviennent en mémoire : une inquiétante maison en pierres, un homme voûté aux yeux perçants, des boules de fourrure colorées… et, bien sûr, Serena. Son visage implorant semble lancer un message : *reviens vite, sinon une chose terrible va se produire !* Mais comment Laure peut-elle aider sa sœur si elle ne se souvient pas du danger qu'elle court ?

Laure a les larmes aux yeux. Ce sentiment d'impuissance est insupportable ! Brusquement, une étrange mélodie lui parvient, lointaine et inconnue. La musique résonne de plus en plus fort, et Laure est envoûtée. Elle commence à fredonner tout bas.

Et si c'était un piège ? se dit-elle.

Mais la force de cette musique est irrésistible. Elle lui rappelle quelque chose...

Au milieu de la clairière, un rayon de lune éclaire la silhouette d'un jeune cheval dressé au sommet d'une petite colline. C'est une pouliche violette, depuis le haut de sa crinière jusqu'à la pointe de ses sabots.

À côté d'elle, une lyre dorée flotte dans les airs. Ses cordes tremblent à chaque mouvement de l'animal. Laure comprend aussitôt que c'est lui qui contrôle l'instrument par la pensée.

Deux autres chevaux l'accompagnent. Le premier est un poulain blanc aux yeux sombres, le second une licorne noire aux ailes repliées le long du corps. Sur son front, sa corne argentée luit dans les reflets de la lune. Tous les deux semblent danser au son de la musique, virevoltant sur leurs sabots et bondissant avec grâce dans les airs. Derrière eux, enfin, arrive un petit animal à la fourrure grise. Il a des oreilles en forme de cornet et sa longue queue frappe le sol en cadence.

C'est un tomtomme ! réalise Laure. *Ils vivent nombreux aux abords des forêts… Encore un souvenir qui me revient !*

Remplie de joie, la fillette se laisse emporter par la mélodie. Sans s'en rendre compte, elle se met à chanter tout haut…

Soudain, la musique s'arrête. Les poulains se retournent vers elle.

2. La voix de Serena

La licorne lâche un hennissement de surprise. Le poulain blanc recule de quelques pas. Mais la pouliche violette s'avance vers Laure.

— Bonjour, dit la fillette. Je m'appelle Laure. J'ai beaucoup aimé ta chanson.

L'animal l'observe longuement. Puis il penche la tête, et la lyre recommence à jouer. Le tomtomme bat le rythme avec sa queue. Le poulain et la licorne reprennent leur danse. Laure fredonne la mélodie. En entendant sa voix se mêler aux notes de la lyre, elle a le sentiment d'avoir enfin trouvé sa place. Mais bizarrement, une part d'elle-même tente de résister à l'influence de cette musique, comme si un danger la menaçait…

Laure rejoint ses nouveaux amis au sommet de la petite colline Au loin, un troupeau de chevaux paît tranquillement. *Ce sont sûrement les parents des poulains,* se dit-elle. Il y a d'abord un couple de licornes : l'une rose, l'autre noire avec des ailes. Puis une jument blanche à la crinière ornée de perles bleues et un cheval noir. Et enfin, une jument bleu pâle accompagnée d'un étalon doré.

Laure est folle de joie. Les chevaux de légende vivent très nombreux au Nord de Septentrion, mais elle n'a jamais eu la chance d'en voir de si près.

Enfin… je crois, pense-t-elle.

Les dernières notes de la lyre résonnent. La pouliche violette regarde la fillette. Au même moment, une série d'images envahit son esprit.

Que se passe-t-il ? se demande Laure.

Mais très vite, elle comprend : au Nord de Septentrion, les chevaux de légende communiquent avec les humains en leur transmettant des images par la pensée. Dans celle-ci, la fillette se voit en train de chanter, mais aucun son ne sort de sa bouche, juste un rayon de lumière bleue. Un autre rayon, vert comme de l'émeraude, vient se mêler au sien pour former un arc-en-ciel.

— J'ai compris ! s'exclame Laure. Harmony ! C'est ton nom, n'est-ce pas ?

La pouliche incline la tête, et la lyre émet une série de notes cristallines.

— Harmony, répète la fillette. Quel joli nom.

La licorne noire s'avance à son tour pour lui dire son nom. Après quelques minutes, les présentations sont faites : la licorne s'appelle Flèche, le poulain blanc Clair de Lune et le tomtomme, Bongo.

— Ravie de vous rencontrer, déclare Laure. Si vos parents sont d'accord, j'aimerais bien rester encore un peu avec vous. J'ai oublié…

Au même moment, un chant se met à résonner au loin, porté par le vent. Le son est si faible qu'il faut tendre l'oreille pour l'entendre. Mais Laure reconnaît cette voix…

— Serena !

Voyant que ses nouveaux amis la dévisagent, la fillette tente d'expliquer son histoire.

— C'est ma sœur. Elle court un grave danger. Je dois aller l'aider !

À ces mots, Flèche frappe le sol d'un air de défi. Bongo agite la queue, et Clair de Lune vient lui frotter le museau.

— C'est vrai, vous voulez m'accompagner ? leur demande Laure, les larmes aux yeux.

Mais elle se souvient encore du corbeau jaune...

— Vous êtes sûrs ? insiste-t-elle. La forêt de Darkcomb est très dangereuse. Que diront vos parents ?

En réponse, Harmony hennit avec détermination.

— D'accord, dit Laure. Merci pour votre aide. Je suis sûre que nous serons de retour très vite...

J'espère ne pas me tromper, se dit-elle.

Ils descendent la colline et se mettent en route à travers la forêt en suivant le chant de Serena.

— J'espère que cet affreux corbeau jaune ne reviendra pas, murmure la fillette.

Au bout d'un moment, la voix de sa sœur semble se rapprocher.

— Vite ! dit Laure en courant. Je crois que nous ne sommes plus très loin !

Les poulains s'élancent au trot derrière elle, Bongo bien calé entre les ailes de Flèche. Le soleil se lève à l'horizon. Au détour d'un virage, le groupe arrive dans une immense clairière entourée par une muraille de pierres qui s'est écroulée. Devant, une arche en pierre blanche laisse entrevoir les restes d'un village en ruine :

quelques maisons se dressent autour d'une place centrale. Au milieu se trouve une vieille fontaine couverte de toiles d'araignées. Les pavés ronds des ruelles sont envahis par les mauvaises herbes. L'endroit a l'air abandonné depuis des années.

— Je… je crois que c'est ici, dit la fillette d'un ton hésitant.

Sans plus attendre, Flèche passe sous l'arche pour pénétrer dans le village. Clair de Lune et Harmony le suivent. Laure a un mauvais pressentiment. Cet endroit lui paraît familier… Elle ouvre la bouche pour mettre ses amis en garde, mais ils ont déjà franchi l'entrée du village. Réunissant tout son courage, elle les suit.

Flèche et Clair de Lune sont en train de brouter les mauvaises herbes, mais Harmony et Bongo semblent regarder quelque chose par terre. Laure les rejoint. Son inquiétude grandit quand elle reconnaît l'objet : une boîte à musique.

— Attends, Bongo ! s'écrie-t-elle tandis que ses souvenirs lui reviennent. Ne touche pas à…

Trop tard !

Autour d'eux, le décor change : les maisons en ruine redeviennent toutes neuves, les mauvaises herbes disparaissent et, au milieu de la place, une eau cristalline jaillit de la fontaine.

— Heureux de te revoir, Laure, dit une voix.

La fillette se retourne. Un grand homme voûté se tient devant elle. Il porte un manteau en velours bleu et un chapeau noir posé sur ses longs cheveux blancs.

Le Chef d'orchestre !

3. Prisonniers de la boîte à musique !

Comment Laure a-t-elle pu l'oublier, après tout ce qu'il a fait à sa famille ?

— Ne vous approchez surtout pas de lui ! lance-t-elle à ses amis. Il est très dangereux !

Le Chef d'orchestre sort une baguette de son manteau et la pointe dans sa direction. Aussitôt, Laure sent sa langue se figer dans sa bouche. Elle ne peut plus parler !

Le vieil homme s'avance ensuite vers Harmony, qui l'observe alors avec méfiance.

— Quel bel instrument, dit le Chef d'orchestre en admirant la lyre. Oh, un tomtomme ! ajoute-t-il en voyant Bongo. Parfait. Que diriez-vous de me jouer un petit air ?

Laure tremble de rage. Le Chef d'orchestre a encore frappé ! Et elle ne peut rien contre sa magie. Le vieil homme tend à nouveau sa baguette vers elle : la fillette sent sa bouche s'ouvrir toute seule et se mettre à chanter. Puis il pointe sa baguette vers Bongo et Harmony. Le tomtomme saute du dos de Flèche et frappe le rythme avec sa queue sur le sol. La lyre joue des notes. Clair de Lune commence à danser. Même Flèche se balance d'avant en arrière.

Le Chef d'orchestre lâche un rire triomphal.

— Excellent ! Tu t'es surpassée, Laure.

D'un geste de sa baguette, il rompt enfin le sortilège. Flèche pousse un hennissement de colère. Clair de Lune et Bongo échangent un regard confus. Harmony se tourne vers Laure.

— Désolée, murmure-t-elle.

Le Chef d'orchestre lui jette un nouveau sort pour l'empêcher de parler.

— Inutile de t'excuser, dit-il. Tu n'as fait qu'obéir à mes ordres : attirer de nouveaux musiciens jusqu'ici pour compléter ma collection !

Il examine le petit groupe. Harmony se retourne pour prendre la

fuite, mais le Chef d'orchestre lève sa baguette pour arrêter la pouliche violette dans son élan.

— Inutile de paniquer, mes amis ! dit-il en sortant un monocle de la poche de son manteau.

En reconnaissant cet objet, Laure lâche un petit cri. La baguette permet au vieil homme de contrôler les corps… mais avec le monocle, il prend aussi possession des pensées !

À présent que la fillette a retrouvé la mémoire, elle se souvient de tout… Après la mort de leurs parents dans un incendie, Serena et Laure ont été kidnappées par le Chef d'orchestre. Pendant des semaines, il les a emmenées sur toutes les routes du Nord de Septentrion pour qu'elles donnent des concerts dans les villages et les hameaux. C'est comme ça qu'il gagne sa vie. Et maintenant, il veut ajouter Bongo et Harmony à ses prisonniers !

— Viens par ici, mon joli poulain, dit le Chef d'orchestre à Harmony d'une voix douce, tout en mettant son monocle devant son œil. Ne t'inquiète pas. Je suis ton ami…

Un tourbillon multicolore apparaît sur la paroi du monocle. Harmony hésite, puis s'avance vers le Chef d'orchestre pour lui lécher la main.

— Ah, voilà qui est mieux ! déclare le vieil homme.

Laure est folle de colère. Il est impossible de résister au pouvoir du monocle… Harmony est désormais sous le contrôle du Chef d'orchestre !

Bongo, Flèche et Clair de Lune sont eux aussi victimes du sortilège.

— Soyez les bienvenus dans ma modeste demeure, dit le Chef d'orchestre en montrant sa grande maison en pierres. Vous serez très heureux, ici !

Soudain, Laure écarquille les yeux et voit une petite fille au regard triste sortir d'une grande villa en pierres.

— Serena ! s'écrie-t-elle, enfin capable de parler.

— Laure ! répond sa sœur en courant vers elle.

Quatre boules de fourrure bondissent derrière elle. La plus grosse est jaune, la plus petite est bleue, et celles du milieu sont orange et verte. Les Barbapapailles ! Comment Laure a-t-elle pu les oublier ? Ces petits êtres sautillants sont tout ce qui reste aux deux sœurs de leur vie d'avant !

Le Chef d'orchestre lève sa baguette vers Serena.

— Non ! hurle Laure.

Trop tard : un rayon de lumière bleue jaillit de la pointe du bâton et enveloppe la petite fille, qui se met à rétrécir. D'un mouvement du poignet, le vieil homme la soulève et l'enferme dans la boîte à musique !

Horrifié, Bongo frappe le sol avec sa queue.

— Tu veux la rejoindre ? lui demande le Chef d'orchestre avec un sourire cruel.

Le tomtomme pousse un petit cri quand la lumière bleue le frappe. En trois secondes, il rétrécit et disparaît à l'intérieur de la boîte !

Clair de Lune pousse un hennissement de terreur. Flèche aplatit ses oreilles et regarde le Chef d'orchestre avec colère. Son sabot avant frappe le sol plusieurs fois de suite. Puis, tête baissée, la licorne fonce droit sur le vieil homme !

Surpris, celui-ci a tout juste le temps de faire un bond sur le côté pour l'éviter.

— Attention ! Il a toujours sa baguette ! crie Laure.

La licorne reprend son élan pour charger à nouveau. Cette fois, le vieil homme est mieux préparé : il pointe sa baguette en direction de l'animal. Mais Flèche est trop rapide pour lui, et le rayon de lumière bleue rate sa cible.

Furieux, le Chef d'orchestre ramasse sa boîte à musique.

— Ce n'est qu'un au revoir, ma chère, dit-il à Laure. Nous nous reverrons bientôt… C'est promis !

Sur ces mots, il referme le couvercle de la boîte d'un coup sec.

Un air de musique retentit comme un coup de tonnerre. Un éclair jaillit, suivi d'un nuage de fumée…

Quand la brume disparaît enfin, le Chef d'orchestre et la boîte à musique se sont évanouis !

4. En route pour Canter Hollow

Soudain, le sortilège est rompu. Tout redevient comme avant : maisons en ruine, village à l'abandon et mauvaises herbes. Laure s'assoit en pleurant sur le rebord de la fontaine, où l'eau a cessé de couler.

Harmony se tourne vers elle, les oreilles aplaties de chaque côté. Laure comprend que la pouliche est fâchée contre elle.

— Pardonne-moi, dit-elle. Quand je vous ai rencontrés, j'étais ensorcelée par le Chef d'orchestre. Il m'a envoyée pour vous piéger. Si j'avais su, je ne vous aurais jamais attirés ici…

Clair de Lune lui pose alors une question par la pensée.

— Où est passé Bongo ? répète Laure à voix haute. Hélas, le Chef d'orchestre l'a enfermé dans sa boîte à musique… Il n'en sortira que pour donner des concerts, comme Serena.

La fillette prend son visage entre ses mains pour pleurer. Au même moment, les Barbapapailles viennent sautiller autour d'elle en poussant des petits cris joyeux pour la consoler. Laure les regarde en souriant.

— Heureusement, vous êtes libres !

Elle sèche ses larmes et réfléchit pour trouver une solution. *Comment savoir où le Chef d'orchestre a emmené Serena et Bongo ?*

Soudain, elle a une idée.

—Je crois que j'ai trouvé, dit-elle aux chevaux. Ils sont partis au festival des lumières ! Le Chef d'orchestre en parle depuis des années. Il rêve d'y participer !

Flèche hennit avec excitation et lui envoie une vision : les trois poulains et leurs familles, en route pour le festival. La fillette comprend que c'était leur destination quand elle les a croisés dans la clairière. Ça ne l'étonne pas : chaque année, tous les humains et les chevaux du Nord de Septentrion se rendent au village de Canter Hollow, où a lieu la grande

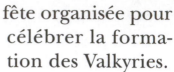

fête organisée pour célébrer la formation des Valkyries.

— Tous à Canter Hollow ! s'écrie Laure. Enfin... si vous m'autorisez à venir avec vous.

Flèche et Clair de Lune dressent leurs oreilles en signe de paix. Mais Harmony garde les siennes couchées, pour montrer qu'elle est toujours en colère contre Laure. Puis, accompagnée de ses deux amis, elle s'éloigne vers la sortie du village.

Laure est désespérée. *Quand la pouliche lui fera-t-elle à nouveau confiance ?* Le cœur gros, elle se lève pour suivre les jeunes chevaux.

Le petit groupe quitte la clairière et regagne la forêt.

Au bout de quelques minutes de marche, un battement d'ailes retentit au-dessus de leurs têtes.

— Oh non ! s'exclame Laure. C'est le corbeau !

Affolés, les poulains hennissent et se cabrent. Quelque chose traverse les branches et vient s'écraser à leurs pieds.

Laure pousse un soupir de soulagement. Ce n'est pas le corbeau… c'est un Whiffle Bear ! Ces créatures sont parfois malicieuses, mais toujours amicales.

Celui-ci a l'air très jeune. Sa fourrure est encore pâle, et ses ailes de papillon commencent tout juste à développer leur couleur rose.

Le petit ours se redresse et s'époussette. Puis, quand il a fini, il regarde le groupe en agitant les pattes.

— Je crois qu'il a un message pour nous, déclare Laure.

D'un coup d'ailes, le petit ours va se percher sur une branche d'arbre. Il désigne les poulains, puis un point sur sa droite.

— Tu as vu les parents des poulains, c'est ça ? demande Laure.

L'ours fait oui de la tête. Il place ensuite sa patte en travers de son front et fait mine d'observer la forêt.

— Vos parents vous ont cherchés partout, explique Laure aux poulains. Où sont-ils, maintenant ? demande-t-elle à l'ours.

L'animal désigne la direction opposée. L'ouest. Puis il trace un demi-cercle dans l'air.

— Ils sont partis vers l'ouest, interprète Laure. Sans doute pour se rendre au festival.

Le Whiffle Bear bat des ailes en hochant la tête.

— Étrange, murmure Laure. Pourquoi sont-ils partis au festival sans attendre d'avoir retrouvé leurs enfants ?

Le petit ours hausse les épaules. En un clin d'œil, il bondit de sa branche vers le sommet de l'arbre et disparaît.

— Attends ! s'écrie Laure.

Trop tard… il est parti.

Les poulains échangent des regards un peu tristes. Laure n'ose pas formuler sa pensée à voix haute : *pourquoi leurs parents les ont-ils abandonnés ?*

5. La rivière

Ils poursuivent leur chemin en silence. Quelques minutes plus tard, Laure entend le grondement d'une rivière. En effet, le petit groupe arrive bientôt au bord d'un large torrent.

— C'est trop risqué de traverser ici, déclare la fillette. Cherchons un passage plus sûr !

Harmony commence à longer la rivière. Tout le monde la suit. Mais plus ils avancent, plus le courant devient fort, avec des rapides et des tourbillons.

J'espère que ce n'est pas la rivière Fastalon, se dit Laure. *Si oui, nous n'avons aucune chance de la traverser… elle a la réputation d'être très dangereuse !*

Au bout d'un long moment, ils arrivent à un passage plus étroit. Mais le torrent semble toujours aussi dangereux…

Soudain, Laure aperçoit une liane très longue et très épaisse pendue à une branche.

— Voilà la solution ! s'exclame-t-elle. Cette liane va nous servir de corde. Il suffit de l'attacher à un arbre

de l'autre rive, et nous nous accrocherons à elle pour traverser !

Les poulains attrapent la liane avec leurs dents et tirent dessus pour aider Laure à la dégager. Ensuite, la fillette fait un nœud coulant au bout de la liane et l'agite au-dessus de sa tête comme un lasso.

— Voyons si je peux atteindre cette grosse branche, de l'autre côté ! dit-elle.

Elle jette la liane par-dessus la rivière. Mais ce n'est pas si facile. La première fois, la corde tombe dans l'eau. La deuxième fois, elle touche à peine l'autre rive…

Flèche vient lui prendre la corde des mains. La licorne recule de quelques mètres, puis s'élance au galop !

Clair de Lune pousse un hennissement affolé. La lyre d'Harmony

émet une série de fausses notes. Horrifiée, Laure réalise que Flèche prend son élan pour franchir la rivière en volant !

— Non, attends ! s'écrie-t-elle. Tu n'as pas assez d'entraînement pour voler… c'est trop loin !

Flèche ne l'écoute pas. D'un claquement d'ailes, la licorne s'élève au-dessus de l'eau. Laure retient son souffle. Elle a réussi !

Hélas, Flèche perd de l'altitude et descend vers un tourbillon. Harmony se cabre en hennissant. Nerveux, les Barbapapailles sautent dans tous les sens. Mais Flèche ne perd pas courage : elle agite ses ailes encore plus fort et plus vite. Bientôt, elle remonte dans les airs et, quelques secondes plus tard, se pose tranquillement sur l'autre rive.

— Bravo ! s'exclame Laure.

Clair de Lune et Harmony hennissent de joie. Flèche passe la corde autour d'un gros tronc d'arbre et, avec ses dents, fait un nœud très solide pour l'attacher.

Harmony traverse la première. Elle se guide grâce à la corde, qu'elle laisse glisser entre ses dents, et nage à travers les rapides. Clair de Lune la suit en l'imitant.

— À nous, déclare Laure en ramassant les Barbapapailles. Est-ce que vous tiendrez en équilibre, tous les quatre sur mes épaules ?

À ces mots, le Barbapapaille bleu rentre dans la fourrure de son ami orange, qui disparaît ensuite dans la fourrure du vert. Enfin, le vert s'enfonce dans la fourrure du jaune. Laure sourit. Elle avait oublié que les Barbapapailles peuvent s'emboîter les uns dans les autres !

— Parfait, on y va ! déclare-t-elle.

Elle met les pieds dans l'eau. *Ouille, comme c'est froid !* se dit-elle. Mais elle continue à avancer en se tenant à la corde avec ses deux mains, le Barba-papaille jaune caché dans sa manche.

Arrivée à la moitié du torrent, elle encourage ses amis :

— On y est presque ! dit-elle.

Crrrrac !

Soudain, la corde se relâche. Sur l'autre rive, Flèche perd l'équilibre et tombe en arrière. L'arbre autour duquel elle a enroulé la corde vient de tomber.

Laure n'a pas le temps de hurler : de l'eau glacée remplit sa bouche… Le torrent l'emporte !

6. Sauvés !

Laure lutte pour ne pas boire la tasse. Elle sent les Barbapapailles trembler dans sa manche. À quelques mètres derrière elle, Harmony et Clair de Lune tentent sans succès de résister à la force du courant.

Le long de la rive, Flèche galope en poussant des hennissements affolés. La pauvre licorne ne peut rien faire pour aider ses amis.

Un peu plus loin, Laure voit que la rivière forme un virage avec des rochers pointus sur le côté. *Le courant va me projeter contre ces rochers !* se dit-elle. *Mais peut-être est-ce une chance à saisir ?*

Il n'y a plus une seconde à perdre : le virage est juste devant elle. La fillette tend les mains et, avec ses jambes, pousse de toutes ses forces pour se rapprocher des gros cailloux. Le premier est trop glissant pour qu'elle puisse s'y accrocher, mais elle parvient à se tenir au second.

— Harmony ! s'écrie-t-elle. Par ici !

La pouliche entend son appel et nage dans sa direction. D'un geste, Laure attrape sa crinière violette. Arrivé juste derrière, Clair de Lune réussit à agripper la queue d'Harmony entre ses dents. Mais la pression commence à devenir trop forte pour Laure, qui se retient au rocher d'une seule main. Elle sait que, si elle lâche, le torrent les emportera tous les trois… sans oublier les Barbapapailles.

— Harmony, essaie de nager vers le bord !

La pouliche redouble d'efforts. Elle réussit à s'approcher de la rive et, sentant le sol sous ses sabots, pousse pour se hisser hors de l'eau en tirant Clair de Lune et Laure.

Victoire !

La fillette tombe à genoux dans l'herbe. Elle ouvre sa manche pour laisser sortir les Barbapapailles, qui se déboîtent les uns des autres. Les pauvres petites créatures ressemblent à quatre pelotes de laine trempée – mais pas pour longtemps : elles se mettent

51

à tourner sur elles-mêmes à toute vitesse. Quelques secondes plus tard, elles sont parfaitement sèches et sautillent en poussant des cris de joie.

— Tout le monde va bien ? demande Laure aux chevaux.

Clair de Lune vient frotter son museau contre sa joue.

— Tu n'as pas à me remercier, dit Laure. Sans moi, vous ne seriez pas obligés de vivre cette horrible aventure…

La fillette échange un regard avec Harmony. Cette fois, la pouliche violette ne semble plus autant en colère contre elle.

— Bien, dit Laure en essorant ses vêtements mouillés. Il est temps de se remettre en route.

À la fin de la journée, de gros nuages noirs envahissent le ciel. Laure et ses amis partent se réfugier dans un abri naturel, sous les racines d'un arbre géant. Quand la pluie tombe, le groupe est déjà installé bien au chaud pour la nuit. Laure est si fatiguée qu'elle s'endort…

Réveillée en sursaut par le tonnerre, la fillette ouvre les yeux. Il fait nuit noire autour d'elle. Mais quand un éclair illumine l'intérieur de l'abri, Laure voit qu'Harmony ne dort pas et la regarde.

— Tu n'arrives pas à dormir ? lui demande-t-elle.

Harmony penche la tête sur le côté et lui adresse une vision : Laure se voit endormie, confortablement installée contre la pouliche.

— Quelle bonne idée ! murmure la fillette.

Elle se lève et va la rejoindre pour s'installer à côté d'elle. La lyre magique se met à jouer tout doucement.

Bercées par la musique et le bruit de la pluie, Laure et Harmony s'endorment.

Le lendemain matin, le soleil brille dans le ciel. Laure et ses amis prennent leur petit déjeuner : de l'herbe pour les chevaux, des baies pour la fillette et quelques mottes de terre pour les Barbapapailles. Puis le petit groupe se met en marche.

Au bout d'un long moment, ils commencent enfin à sortir de la forêt. Le sentier s'élargit et se transforme en vraie route.

— Regardez, elle va vers l'ouest ! s'exclame Laure. Nous serons bientôt à Canter Hollow.

Tout en marchant, la fillette réalise qu'elle a très faim. *Des baies au petit déjeuner, ça ne suffit pas pour affronter une journée de marche,* se dit-elle. Pour penser à autre chose, elle chante. Harmony l'accompagne avec sa lyre. Mais Laure a tellement faim qu'elle a l'impression de sentir l'odeur de la nourriture !

Au détour d'un virage, elle comprend que ce n'est pas une impression. Une écurie abandonnée apparaît sur le côté de la route. Devant, une marmite de porridge fumant est en train de chauffer sur un feu de camp.

Un homme aux cheveux blonds est assis près des flammes, une mandoline et un gros sac posés à ses côtés. Il porte de grandes bottes, un pantalon en cuir et une tunique bleue.

— Soyez les bienvenus ! lance-t-il. Je me présente : Burke Cawfield. Je suis enchanté.

— Ravie de vous rencontrer, répond la fillette. Je m'appelle Laure. Voici Harmony, Clair de Lune, Flèche... et mes quatre amis Barbapapailles.

Mais quand Burke s'avance pour les saluer, les Barbapapailles partent se cacher derrière Clair de Lune.

— Bizarre, murmure Laure. Ils sont si joyeux, d'habitude...

— Bah, ça ne fait rien, dit Burke. Venez, je vous invite à partager mon repas.

Burke sort quatre bols de son sac, ainsi que des graines d'avoine pour les chevaux. Laure s'assoit près du feu pour manger son porridge. *C'est vraiment délicieux !* se dit-elle. *J'avais une faim de loup.*

Les trois poulains semblent se régaler, eux aussi.

— Et vous, demande Laure à Burke, vous ne mangez pas ?

— Non, j'ai déjà pris mon petit déjeuner, dit-il. Tiens, j'ai une idée : je vais jouer un air de mandoline pour rendre votre repas plus agréable.

Il prend son instrument et commence à jouer. Une fois son bol terminé, Laure le pose par terre et s'allonge contre une bûche. Elle se sent rassasiée, détendue… et un peu fatiguée.

À côté, les chevaux aussi ont fini leur avoine. Ils ont les yeux fermés et leurs pattes semblent fléchir.

— Étrange, dit Laure en bâillant. J'ai très envie de dormir, tout à coup… Peut-être à cause de la mandoline ?

Les Barbapapailles se mettent à sautiller autour d'elle en poussant de petits cris.

— Sales boules de poil, dit soudain Burke. Laissez-la dormir, compris ?

L'homme se lève pour attraper les Barbapapailles, qui poussent des couinements de terreur. Laure sait qu'elle devrait défendre ses amis, mais elle se sent trop faible. Sa tête est si lourde…

Sa dernière vision avant de tomber de sommeil est celle de Burke, qui la regarde en riant.

7. Le secret de Burke

Laure ouvre les yeux. Au début, il fait si noir qu'elle ne voit rien. Puis elle comprend qu'elle se trouve dans la vieille écurie : un rayon de lune éclaire l'intérieur à travers une lucarne sous le plafond. Il y a du foin par terre, des toiles d'araignées aux poutres.

À l'autre bout de la pièce, les trois chevaux sont aussi en train de se réveiller.

— Tout le monde va bien ? demande Laure. C'est la faute de Burke… il a mis quelque chose dans la nourriture pour nous endormir !

Flèche hennit et Clair de Lune souffle à travers ses naseaux. Seule Harmony ne répond pas. Elle semble affaiblie.

— Que se passe-t-il ? s'inquiète Laure.

Harmony la regarde d'un air triste. Laure se lève pour aller voir ce qui ne va pas. Puis elle comprend : sa lyre a disparu ! Sans son instrument magique, Harmony est privée de ses forces. C'est comme si on lui avait enlevé une partie d'elle-même.

— Ne t'inquiète pas, dit la fillette en lui caressant la bouche. On va la retrouver, c'est promis !

Elle traverse l'écurie pour aller ouvrir la porte, mais elle est bloquée : impossible de la faire bouger !

La fillette lève les yeux vers la lucarne, mais elle est beaucoup trop haute et trop étroite. *Comment faire pour sortir d'ici ?* se demande-t-elle, découragée.

Au même moment, quelque chose bouge dans sa poche. Horrifiée, Laure s'attend à voir sortir un cafard ou une araignée… quand elle entend un petit cri de joie familier.

— Ça alors ! s'exclame-t-elle en voyant le Barbapapaille bleu bondir hors de sa poche. Mais… tu es tout seul ?

Laure comprend alors que les autres Barbapapailles sont prisonniers de Burke. En voyant la créature sautiller, elle a soudain une idée.

— Est-ce que tu veux bien nous rendre un service ? lui demande-t-elle.

Elle lui montre alors la lucarne et lui explique la situation. Avec un cri joyeux, le Barbapapaille saute sur le dos de Flèche, rebondit et s'élance vers la lucarne pour l'ouvrir.

— Bravo ! s'écrie la fillette. Maintenant, faufile-toi dehors pour aller ouvrir la porte de l'extérieur !

La petite boule bleue disparaît. Dehors, Laure entend un grattement contre la porte. Puis le bruit s'arrête. Quelques secondes plus tard, le Barbapapaille redescend par la fenêtre en couinant tristement.

— La porte est trop lourde, c'est ça ? demande Laure. Ne t'inquiète pas. Ce n'est pas de ta faute. Nous…

Elle ne finit pas sa phrase. Flèche et Harmony regardent Clair de Lune

d'un air bizarre. En effet, leur ami semble très nerveux. D'un pas hésitant, il s'avance dans le rayon de lune qui éclaire l'écurie.

Soudain, Laure n'en croit pas ses yeux : le poulain blanc est de plus en plus pâle... et devient presque transparent.

— Ça alors ! s'exclame la fillette.

Le jeune cheval piaffe pour se donner du courage. Puis il marche droit vers le mur... et le traverse ! Laure n'a jamais rien vu d'aussi extraordinaire. Elle ignorait que Clair de Lune avait ce pouvoir !

Bientôt, du bruit résonne derrière la porte. Le poulain est en train de soulever la grosse barre qui la bloquait avec sa bouche.

Quelques instants plus tard, Laure et ses amis sont libres !

Dehors, la forêt résonne du son des insectes et des petits animaux nocturnes. Au loin, entre les arbres, Laure distingue une lumière.

— Regardez, dit-elle. C'est sûrement Burke. Allons voir…

Le petit groupe se met en marche sans faire de bruit. En se rapprochant, Laure voit que la lumière provient d'une ferme. Sur la pointe des pieds, elle s'avance jusqu'à une fenêtre pour jeter un coup d'œil à l'intérieur. Burke est assis à une table, entouré de bougies. Un oiseau noir est perché sur son épaule. Devant lui se trouve une cage en verre contenant les trois Barbapapailles. Les pauvres petites créatures s'agitent dans tous les sens. Un autre objet est posé sur la table : la lyre magique ! Sa lumière violette est si faible qu'on ne la voit presque pas.

— Mon ami, dit Burke à l'oiseau noir. Va dire au Chef d'orchestre que mon plan s'est déroulé avec succès ! J'ai éloigné les enfants des parents en leur disant que leurs petits s'étaient rendus à Canter Hollow pour le festival… et ils m'ont cru !

Laure s'éloigne de la fenêtre pour rejoindre ses amis.

— Vos parents ne vous ont pas abandonnés, murmure-t-elle. Ils ont été piégés par Burke. Et il travaille pour le Chef d'orchestre ! Écoutez-moi, j'ai un plan…

Quelques instants plus tard, tout le monde est en position : Harmony et Laure de chaque côté de la fenêtre,

Flèche près de la porte d'entrée, et Clair de Lune au milieu.

Laure imite le cri d'une chouette. À ce signal, le poulain blanc s'avance dans un rayon de lune. Comme la première fois, il pâlit et devient translucide. Puis il s'avance vers le mur de la ferme et le traverse.

Laure regarde la scène par la fenêtre. Clair de Lune apparaît à l'intérieur de la pièce, se cabre et se met à courir en renversant tous les meubles sur son passage. Burke pousse un hurlement.

— Aaaaaaaaah ! Au secours ! Un cheval fantôme !

— À toi, Harmony, murmure ensuite la fillette.

La pouliche ferme les yeux, et des notes de musique s'élèvent dans la nuit : la lyre magique a entendu l'appel d'Harmony. L'instrument s'envole de la table en brillant de sa belle lumière violette retrouvée.

Au même moment, Flèche prend son élan et galope vers la porte pour la briser. En voyant la licorne foncer droit sur lui, Burke hurle de plus belle :

— Cet endroit est hanté !

Soudain, il voit Laure derrière la fenêtre.

— Toi ! s'exclame-t-il. J'en étais sûr. Le Chef d'orchestre m'avait bien dit de me méfier... Mais moi aussi, j'ai plus d'un tour dans mon sac !

À ces mots, il lève les bras. Les manches de sa tunique jaune brillent à la lumière des bougies. L'homme s'accroupit et bondit dans les airs.

— Est-ce que tu te souviens de moi ? s'écrie-t-il.

Ou plutôt croasse-t-il… Car il vient de se transformer en un énorme corbeau jaune !

8. Les poneys de rosée

Laure s'éloigne en courant pour échapper au corbeau. Mais l'oiseau ne semble pas s'intéresser à elle. Il saisit la poignée de la cage contenant les Barbapapailles dans son bec, s'envole et disparaît dans la nuit.

Essoufflée, la fillette rejoint ses amis.

— À présent, je sais comment Burke a fait pour nous suivre à la trace,

marmonne-t-elle. Il nous a espionnés sous sa forme d'oiseau !

Ses yeux se remplissent de larmes. Le Chef d'orchestre a donc un complice… Comment espérer le vaincre, maintenant ? Laure se sent découragée. Elle remarque alors que les trois chevaux la regardent.

Je ne peux pas les décevoir, pense-t-elle. *Ils comptent sur moi… Comme Serena, Bongo et les Barbapapailles !*

— Ne vous inquiétez pas, dit-elle. Nous avons retrouvé la lyre magique. C'est déjà un bon début, non ? Il fera bientôt jour, mettons-nous en chemin. Nous aurons le temps de réfléchir à une solution pendant le trajet jusqu'à Canter Hollow !

En milieu de matinée, le petit groupe a bien avancé malgré la pluie fine qui tombe depuis le lever du soleil.

Laure ignore combien de temps il leur reste encore à marcher, mais elle espère atteindre Canter Hollow dans la soirée.

Elle entend alors un grondement inquiétant.

— Oh non, dit-elle en levant les yeux. Pas un orage !

Au même moment, le sol bouge sous ses pieds. Les chevaux échangent des regards paniqués. Est-ce que c'est un tremblement de terre ?

Laure sursaute en voyant les arbres secoués, alors qu'il n'y a pas le moindre souffle de vent.

Que se passe-t-il ?

Un phénomène étrange se produit alors sous ses yeux : les arbres s'écartent comme si une main géante et invisible séparait la forêt en deux. Laure ouvre de grands yeux affolés en voyant quelque chose foncer droit sur eux.

— Écartez-vous, vite !

Les poulains se rangent sur le côté juste à temps. Un énorme troupeau de poneys verts traverse la forêt au galop. Ils sont si nombreux et si rapides que Laure ne peut même pas les compter. Aussitôt après leur passage, les arbres se remettent en place, comme si de rien n'était.

En se retournant, Laure voit que cinq poneys sont restés en arrière, comme perdus dans la forêt. Elle en profite pour les regarder de près. Leur peau vert foncé est luisante d'eau de pluie, et leurs grands yeux ont la couleur de la mer. Leur crinière et leur queue sont entremêlées de feuilles et de lianes. Laure les reconnaît.

— Vous êtes… des poneys de rosée ! s'exclame-t-elle.

Elle se souvient des légendes que lui racontaient ses parents. Ces poneys voyagent normalement au lever du jour, quand la nature est encore imprégnée de rosée du matin. Grâce à leurs pouvoirs magiques, ils peuvent contrôler la végétation humide et coupent directement à travers les forêts pour aller plus vite.

Bien sûr… ils profitent de la pluie matinale pour se rendre au festival !

— Bonjour, dit-elle. Mon nom est Laure, et voici mes amis.

L'un des cinq poneys s'avance et penche la tête sur le côté. Laure a la vision d'une feuille humide dont s'échappe une goutte d'eau.

— Une goutte de rosée… C'est ton nom, n'est-ce pas ? demande-t-elle.

Goutte de Rosée confirme son identité en hennissant.

— Ravie de te rencontrer, dit la fillette. Dis-moi, sommes-nous encore loin de Canter Hollow ?

Goutte de Rosée lui envoie la vision d'une carte de la région. Découragée, la fillette réalise que la distance jusqu'à Canter Hollow est encore longue… ils n'y seront certainement pas avant demain !

Mais le poney lui envoie alors une troisième vision : à cheval sur Goutte de Rosée, Laure traverse la forêt au galop tandis que ses amis poulains courent à ses côtés.

— Vraiment ? s'écrie Laure. Oh merci, quelle bonne idée !

Bientôt, la vision devient réalité : les cinq poneys s'élancent, Laure bien installée sur le dos de Goutte de Rosée.

La fillette s'accroche à la crinière verte de sa monture pour ne pas tomber. En jetant un coup d'œil par-dessus son épaule, elle voit que Flèche, Clair de Lune et Harmony galopent juste derrière. Bien à l'abri dans sa manche, le Barbapapaille pousse des cris joyeux.

Au début, Laure a très peur en voyant Goutte de Rosée foncer dans les arbres. Mais tous s'écartent sur le passage des poneys, comme par magie. Au bout de quelques minutes, la fillette finit par s'habituer. Elle ignore à quelle vitesse vont les poneys, mais grâce à leur raccourci magique à travers la forêt, le trajet jusqu'à Canter Hollow ne devrait pas être très long... Pourvu que la pluie continue à tomber !

Au bout d'un moment, en effet, le petit groupe arrive à la sortie de la forêt. Leur course touche à sa fin. Les poneys s'arrêtent et Laure descend de sa monture.

— Merci, mon ami, dit-elle à Goutte de Rosée en lui frottant le museau. Je n'oublierai jamais ce voyage… c'était fantastique !

Quand elle se retourne pour admirer le paysage, elle retient son souffle. C'est si beau ! Trails End et le village de Canter Hollow s'étendent sous ses yeux. Du haut de la montagne, les statues de Bella et Bello dominent la vallée et le Lac des Larmes. Les tours roses du château de Rolandsgaard scintillent à la lumière du soleil couchant.

Comme j'ai hâte d'aller me promener dans le parc du château, se dit la fillette.

Mais d'abord, il faut libérer Serena et Bongo !

9. Le festival des lumières

Laure n'a jamais rien vu de pareil. Une joyeuse foule d'humains et de chevaux a envahi le village, depuis la prairie du festival jusqu'au parc du château de Rolandsgaard. Partout, on chante, on danse et on rit. L'odeur de la nourriture et des fleurs parfume l'air. Laure est enchantée par cette ambiance, mais elle se sent petite et seule au milieu de tout ce monde. Comment faire pour retrouver les parents des poulains, sans parler de sa sœur et du Chef d'orchestre ?

La fillette lève les yeux vers les statues des chevaux légendaires Bella et Bello, sculptées au sommet du Mont Blanc-Manteau. Si seulement elles pouvaient lui dire où aller !

— Ne perdons pas de temps, dit-elle à ses amis. Il faut bien commencer à chercher quelque part… allons-y !

Les heures passent. La nuit est tombée, et la lune brille dans le ciel. Laure et ses amis sont épuisés : ils ont marché et regardé partout, sans résultat. Aucune trace des parents des poulains, du Chef d'orchestre ou de Serena. Ils se retrouvent sur une grande prairie, juste à la sortie du village, où des humains et des chevaux s'amusent à faire la course. Les spectateurs crient et applaudissent pour les encourager.

Soudain, au milieu de ce vacarme, Laure entend un son familier. Une voix lointaine, à peine audible… mais elle la reconnaîtrait entre mille.

— Serena ! s'écrie la fillette.

Soudain, Harmony lâche un hennissement et s'élance au trot à travers le pré. Laure la suit, certaine que la pouliche violette a repéré où se trouvait sa sœur.

La voix de Serena résonne de plus en plus fort. Bientôt, un bruit de percussion se fait entendre : c'est sûrement Bongo qui bat le rythme avec sa queue !

— Ils sont par là ! Vite ! s'écrie-t-elle.

Ils traversent toute la prairie et arrivent près des falaises qui dominent la rivière Fastalon. Un peu plus loin, une

petite foule est réunie autour d'une estrade. Une silhouette familière coiffée d'un chapeau se tient face au public…

— C'est le Chef d'orchestre !

En effet, c'est bien lui. À côté, Serena est en train de chanter, accompagnée par un vieux violoniste au regard triste. Près d'eux, Bongo bat la cadence. En se rapprochant, Laure aperçoit la boîte à musique magique, posée sur un tabouret.

La chanson se termine, et les gens applaudissent. Le Chef d'orchestre s'avance vers eux, son monocle à la main. Au même moment, Burke surgit de derrière la scène et tend un panier aux spectateurs.

Laure est furieuse : non seulement le Chef d'orchestre emprisonne des musiciens, mais il hypnotise le public pour gagner de l'argent !

— Ça suffit ! s'exclame-t-elle en bondissant sur scène. Cet homme vous a piégés ! Ne l'écoutez pas, ne lui donnez rien !

— Laure ! hurle Serena. Attention !

La fillette se retourne… et se retrouve nez à nez avec le Chef d'orchestre.

— Quelle joie de te revoir, dit-il en tenant son monocle juste devant elle.

— Noooon !

Laure tente de résister, mais c'est trop tard : la magie du monocle a envahi son esprit, et elle éprouve une envie irrésistible de chanter. Elle ouvre la bouche et sa voix mélodieuse résonne.

Au même moment…

DRRRKKRR !

Un son terrible interrompt sa chanson. Dans le public, les gens font la grimace en protégeant leurs oreilles. Harmony se fraie un passage à travers la foule avec sa lyre magique au-dessus d'elle. L'instrument émet les notes les plus horribles que Laure ait jamais entendues.

DRRKKRR ! TRRRKKG !

— Arrêtez, c'est affreux ! hurle le Chef d'orchestre.

Harmony bondit sur scène et se cabre. Sa lyre joue l'accord final, encore plus fort et plus insupportable que tous les autres.

DRRKKRRTRRRKKG !

Le verre du monocle se brise !

Laure est enfin libérée du sortilège. Les spectateurs aussi : ils échangent des regards hésitants, comme s'ils ne comprenaient pas ce qu'ils faisaient là.

— Tout est ta faute ! s'exclame le Chef d'orchestre. Mais je n'ai pas dit mon dernier mot !

Il sort sa baguette… et la pointe en direction de Serena et Bongo !

10. Vive la musique !

— Non ! s'écrie Laure.

Elle court vers le Chef d'orchestre, mais il est trop loin. Heureusement, comme par magie, Clair de Lune surgit juste derrière lui. Grâce à son pouvoir, il s'est rendu transparent pour bondir sur l'estrade sans être vu et hennit dans l'oreille du Chef d'orchestre. Surpris, l'homme se retourne vers Clair de Lune en pointant sa baguette, mais l'animal s'évanouit à nouveau ! Le Chef d'orchestre regarde partout autour de lui.

— Où est passé ce maudit cheval ? marmonne-t-il.

Au même moment, le Barbapapaille bleu traverse les planches en sautillant pour disparaître sous la scène. Les spectateurs rient et applaudissent, pensant que ces effets spéciaux font partie du spectacle.

Laure en profite pour aller récupérer la boîte à musique. Mais le Chef d'orchestre l'a vue et lui barre le chemin.

— Où vas-tu comme ça ? lui demande-t-il d'un ton menaçant en pointant sa baguette vers elle. C'est ta sœur que tu cherches ? Pas de problème. Tu vas la rejoindre…

Il ne termine pas sa phrase. Les quatre Barbapapailles viennent de bondir sur scène en poussant des cris joyeux.

Le Barbapapaille bleu a retrouvé la cage de ses amis sous la scène et les a libérés ! réalise Laure.

— Burke, débarrasse-moi de ces créatures ! ordonne le Chef d'orchestre.

— J'en ai assez, débrouillez-vous tout seul ! répond Burke.

À ces mots, il écarte les bras et se transforme en corbeau jaune pour s'envoler. Furieux, le Chef d'orchestre se tourne à nouveau vers Laure.

— Je m'occuperai de ces boules de poil plus tard, dit-il. Je vais d'abord t'envoyer rejoindre ta sœur !

Harmony s'interpose pour défendre Laure.

— Non, dit la fillette. N'essaie pas de me protéger ! Je préfère redevenir sa prisonnière plutôt que le laisser te capturer !

— Je peux faire les deux ! dit le Chef d'orchestre.

Mais cette fois, il n'a même pas le temps de brandir sa baguette. Quelque chose le percute dans le dos.

C'est Flèche ! Le Chef d'orchestre perd l'équilibre et lâche sa baguette, qui roule en travers de la scène.

Vite, se dit Laure. *Je dois récupérer cette baguette... ou Serena sera prison-nière pour toujours !*

Elle traverse l'estrade en courant et lâche un petit cri triomphal au moment où ses doigts se referment autour de la baguette. Quand elle se retourne, l'homme s'est déjà relevé et s'avance vers elle tout doucement.

— Allons, dit-il, ne fais pas de bêtise. Rends-moi ça ! C'est moi le Chef d'orchestre, après tout, non ? Pense à toute la musique que nous pourrons jouer ensemble !

— Nous n'avons pas besoin de vous pour faire de la musique, répond la fillette. Vous n'êtes qu'un voleur, vous prenez la musique des autres !

Les spectateurs poussent des cris de stupeur.

— Ne l'écoutez pas ! dit le Chef d'orchestre, rouge de colère. J'aime la musique ! La musique, c'est moi !

— Vraiment ? dit Laure. Dans ce cas, je connais un lieu idéal pour vous !

Elle pointe la baguette vers le Chef d'orchestre. Un rayon de lumière bleue en jaillit, l'enveloppe… et le rétrécit ! D'un geste, Laure le soulève et le jette dans la boîte à musique.

Elle n'a plus qu'une chose à faire avant de refermer le couvercle : faire sortir tous les prisonniers de la boîte. D'abord, Bongo, puis le vieux violoniste et enfin… Serena.

— Laure ! s'écrie la petite fille en courant vers sa sœur. Je savais que tu viendrais nous chercher !

Laure la serre dans ses bras. Mais le vieux violoniste jette un œil inquiet vers la boîte.

— Vous êtes sûres qu'il ne pourra jamais en ressortir ?

À ces mots, un homme du public s'avance vers la scène.

— Allez voir M. Smithin, le forgeron de Canter Hollow. Il vous fabriquera un verrou spécial. Ou mieux

88

encore… il rendra le couvercle impossible à ouvrir !

— Excellente idée ! approuve Laure.

Les spectateurs applaudissent, émus par les retrouvailles des deux sœurs.

— Ils croient encore que ça fait partie du spectacle, murmure Serena.

— J'ai une idée, répond Laure. Offrons-leur une chanson finale !

Les yeux d'Harmony pétillent. La lyre se met à jouer. Bongo bat la cadence. Clair de Lune danse, et Flèche virevolte avec grâce dans les airs. Le violoniste les accompagne avec son instrument, tandis que les Barbapapailles sautillent en rythme aux quatre coins de la scène.

Enfin, les deux sœurs chantent. Laure ne s'est pas sentie aussi heureuse depuis très longtemps !

Au même moment, le hennissement puissant d'un étalon retentit dans le public. Les spectateurs se retournent, et s'écartent pour laisser le passage à six chevaux adultes qui foncent au galop vers la scène.

Les parents des poulains !

— Ils ont entendu la chanson, et ils nous ont retrouvés ! s'exclame Laure.

Flèche, Harmony et Clair de Lune bondissent de la scène pour accueillir leurs parents. Laure est contente pour ses amis. Mais elle ne peut pas s'empêcher de se sentir un peu triste, car Serena et elle n'ont plus de parents.

Courage, se dit-elle. *Au moins, j'ai retrouvé ma sœur. Nous sommes ensemble… et libres. C'est le plus important !*

Au bout d'un moment, elle voit qu'une vieille dame aux cheveux argentés discute avec les chevaux. L'inconnue se retourne plusieurs fois en direction des deux sœurs, comme si elle parlait d'elles.

— Qui est-ce ? demande Serena.

— Je ne sais pas, dit Laure en haussant les épaules. Viens, allons dire au revoir aux chevaux.

La fillette a le cœur gros à l'idée de se séparer d'Harmony et des autres. Après l'aventure qu'elle vient de vivre, elle n'a plus envie de les quitter.

Lorsqu'elle s'approche, la femme aux cheveux argentés lui sourit.

— Ah, Laure et Serena ! Je suis Madame Ronata. Harmony m'a raconté votre histoire. Est-ce vrai que vous avez perdu vos parents et que vous n'avez plus de maison ?

Laure hoche la tête.

— En effet, dit-elle, les larmes aux yeux. Serena est ma seule famille…

Mme Ronata lui caresse gentiment le visage.

— Ne pleure pas. Vous n'êtes plus seules, désormais. Je suis la directrice de l'Académie de musique Polyphonie. J'aimerais que vous veniez vivre avec nous. Étudier la musique est très difficile, mais je suis sûre que vous serez d'excellentes élèves.

— Une école de musique ? dit Serena, folle de joie. C'est vrai ?

— Oh merci, madame Ronata ! s'exclame Laure.

— Vous n'avez pas à me remercier, dit la dame. En vous entendant chanter, j'ai tout de suite compris que votre place était parmi nous, à l'Académie. Et surtout, vous avez déjà une amie là-bas…

Les deux sœurs échangent un regard étonné.

— Qui ça ? demande Laure.

La directrice désigne la pouliche violette.

— Harmony et sa famille vivent juste à côté de l'Académie, explique-t-elle. Elle vient jouer de la lyre pour nous de temps en temps.

Laure ne peut plus retenir sa joie. Elle court vers la pouliche pour passer ses bras autour de son cou. Harmony frotte sa bouche contre sa joue tandis que sa lyre émet quelques notes gaies. Les Barbapapailles viennent sauter dans les bras de Serena, qui éclate de rire.

Des larmes de bonheur coulent sur les joues de Laure. Elle ne connaît qu'un seul moyen pour exprimer les émotions qu'elle ressent…

Chanter !

Fin

Découvrez le monde féerique de Bella Sar
sur Nintendo 3DS™
Bella Sara™
Sortie
JUIN 2012
3
www.pegi.info
www.bigben.fr

TABLE

« Pour l'éditeur, le principe est d'utiliser des papiers composés de fibres naturelles, renouvelables, recyclables et fabriquées à partir de bois issus de forêts qui adoptent un système d'aménagement durable. En outre, l'éditeur attend de ses fournisseurs de papier qu'ils s'inscrivent dans une démarche de certification environnementale reconnue. »

Photogravure **Nord compo** – Villeneuve d'Ascq

Imprimé en Roumanie par G.Canale & C. S.A
Dépôt légal : juin 2012
Achevé d'imprimer : juin 2012
20.20.3041.9/01– ISBN 978-2-01-203041-1
Loi n°49-956 du 16 juillet 1949
sur les publications destinées à la jeunesse